KB140465

四人詩集

한국시학 시인선 020

4인시집

한국시학 시인선 020

초판 발행 | 2018년 7월 10일

지 은 이 조병기 허형만 임병호 정순영
펴 낸 이 김광기
편집주간 박현솔
펴 낸 곳 문학과 사람
출판등록 2016. 7. 22. 제2016-9호
주 소 경기도 시흥시 하상로 36 금호타운 301-203
경기도 파주시 직지길(파주출판단지)250, 2층
대표전화 031)253-2575, 010-8773-8806
homepage http://cafe.daum.net/yadan21
E_mail keeps@naver.com

ISBN 978-89-89265-87-0 03810

*이 도서의 국립중앙도서관 출판시도서목록(CIP)은
서지정보유통지원시스템 홈페이지(http://seoji.nl.go.kr)와
국가자료공동목록시스템(http://www.nl.go.kr/kolisnet)에서
이용하실 수 있습니다.
*'문학과 사람'은 1998년 등록된 도서출판 'AJ(에이제이)'와 연계됩니다.

값 10,000원

*본문 페이지에서 한 연이 첫 번째 행에서 시작될 시에는 〈 표기를 합니다.

*이 책은 '교보문고'와 연계하여 전자책으로도 출간됩니다.

*4인시 연락처 : 16281, 경기도 수원시 장안구 금당로 39번길 34, 215-1502
한국시학사 임병호_010-3320-3354, E-mail_lim470425@hanmail.net

四人詩集

조병기
허형만
임병호
정순영

■□ 차례 / 조병기 편

■□ 차례 / 허형만 편

■□ 차례 / 임병호 편

■□ 차례 / 정순영 편

조병기(曺秉基)

1940년 전남 장성 출생.

1972년 『시조문학』 천료. 1981년 «경향신문» 신춘문예

(시조) 당선. 1981년 『현대문학』 천료(시).

동신대학교 국문학과 교수. 도서관장, 인문사회대학장,

중국 계림시 광서사범대학 교수 역임.

현재 한국경기시인협회 자문위원.

시집 『가슴속에 흐르는 강』(1986), 『바람에게』(1993),

『산길을 걸으며』(2007) 등 7권.

제3회 한국시조시학상(2004) 수상.

집 한 채

내 생가 헐린 지 수 십 년
감나무에 까치가 지저귀고
울타리 참새 가족 조잘대던
살구나무 서 있는 집
철철이 눈비 내리고 바람도 오가는
마당에 잡풀도 키우며
울타리 해당화 꽃 피는 그런 집
사람 그리우면 친구들 불러
술잔에 옛이야기 띄우며
잃어진 이름들 불러도 보게
그런 집 한 채
어머니가 박꽃으로 돌아오시면
문 열어드릴 그런 집

나의 길

길은 멀어도 가까이 있었다
찾아가는 길이 멀다 해도
돌아오는 길은 가까웠다
걸어온 길은 뒤돌아보지 말자
약속한 길은 수 갈래 엉켜 있어도
어디서든 끝내 만나기 때문에
아무리 길이 멀다 해도
주저앉지만 말아라

산막이 옛길

세상살이 아무리 무겁다 해도
여기 와서는 모두 부려놓을 일이다
천천히 걸으며 잃어진 나를 찾아도 보고
숲과 풀꽃들 하늘도 함께
잃어진 이름들 떠올리면서
바람 보는 법
낮은 곳의 화법을 깨우칠 일이다
걷다가 길을 잃거든
산새에게나 풀꽃들에게나 물어라
한나절 시진하거든 솔터 골
어느 시인 생가에 머물다 가리

남쪽나라

적도 아래 섬나라에는
보름달이 북쪽 하늘에서 뜨고
남쪽에서 오는 바람은 하늬바람
북쪽에서 부는 바람은 마파람
북극성 북두칠성 찾다가
문득 어머니 생각을 한다

인연

아가펜더스 꽃* 휘늘어진 울타리 안에서
소곤소곤 말소리가 들려온다
장미꽃 넝쿨 백합 베고니아 꽃
새들도 잔디밭에 내려와 아침햇살과 논다
"이봐요! 벌써 일어났오? 기분 어때요~
상쾌해요. 오늘은 쇼핑이나 다녀올까?
이따 봐서요."
한 생애 회한인들 어찌 없겠느냐만
지상의 정분은 마주보는 거울인 것을
한 사람 떠나고 말면 어찌 하시렵니까 신이시여
키 큰 미루나무 위에 걸린 낮달이
내려다보며 두 손을 모은다

* 열대지방의 식물이름 잎은 군자란 같고 하늘색 꽃이 핀다.

하느님께

– 아이티 아이들

이 세상에 하느님 당신이 계시다면
저 아이들을 보고만 계시겠습니까
아이들이 무슨 죄가 있다고
형벌을 받아야 합니까
당신께서 계시기만 하다면
죄 많은 어른들을 버리시고
저 아이들만은 구원해 주십시오
한 모금 물이라도 한 알의 밥풀이라도
할딱이는 생명들에게 주십시오
당신이 사랑하신다면 아이들에게만은
형벌을 거두어 주십시오
병들어 가는 이 지구를 치유해 주십시오
하느님

인사동

겨울눈이 풀풀 날리던 날
한 강좌쯤 제치고 인사동에 오면
필방 앞에서 추사 김정희가 되고
헌책방에 앞에서는 소월, 만해가 된다
신춘문예 꿈도 흥겹게 꾸면서 시장끼는
골목길 사천집 시래기 국밥으로 달래자
통문관 주인은 안녕하신지
경문서림 그 아저씨는 어디 사실까
이 겨울 눈 오는 날
낯선 사람들 틈에 끼어 흘러가야지

폭죽소리
– 계림시편 1

오늘은 좋은 날인가보다
뉘집 신부 데리러 오는 날
함진애비도 뿌리치고 한 청년이 대문 앞에 와서
웬 기관총 폭죽을 쏘아대나
동네방네 귀청 찢어지는 소리
꽃잎 째지는 소리
“누가 그리 쉽게 딸 내준다더냐”
대문을 통과해도 첩첩산중
가까스로 현관문 앞에 다다르니
또 웬일인가
시집 못 간 처녀들이 안달이 나서 가로 막는다
“거 월매 같은 장모님 안 계세유?
처녀귀신들 좀 달래주소”
안방 들어 장인장모 둘러앉은 친척들 앞에
꾸벅꾸벅 절하고 나서
어화둥둥 내 사랑이야 내 사랑이야
이 방 저 방 돌고 나와
원기 있게 힘차게 폭죽을 쏘아 올려라
동네방네 소문내고 신부 데려간다고 일러라
그날은 손 없는 잔칫날

계화(桂花)

– 계림시편 2

시월의 밤은
어디선가 라일락 향기인 듯
밤바람 타고 스미는 꽃내음
아무리 찾아보아도 꽃은 보이지 않고
나뭇잎들만이 달빛에 반짝인다
미궁의 구중궁궐 숨어 있는 사춘기 소녀
밤새 숨바꼭질하다가 찾아낸
잎사귀 속에 앉아 있는
쥐똥나무 꽃

우기(雨期)
– 계림시편 3

계림의 봄은 지루한 빗속으로 온다
누가 심어놓았는지
낡은 관사화단에 나리꽃 두어 송이
진종일 비에 젖고 있다
찾아올 사람도
배웅할 사람도 없는 적막강산
밤새 고양이 울음소리
적막을 깨뜨린다

햇볕 좋은 날

– 계림시편 4

몇날 며칠 궂은 비 내리다
햇볕 좋은 날
곰팡내 나는 이불 빨래
오장육부까지 꺼내어 말리자
바람 불어 햇볕 좋은 날
낡은 기숙사 빨랫줄에
추억처럼 펄럭이는
여학생들의 머플러
종려나무들도 부채질하며
오수(午睡)를 즐긴다

거리에서

– 계림시편 5

알아보는 사람이 없는 거리는 자유롭다
말을 걸어도 알아듣지 못하는
사람들은 즐겁다
시늉으로 말하며 깔깔대는 이방인들은
웃다가 문득 고향이 그리워진다
가로등 희미해서 길을 잃고
만두 물고 지나가는
말총머리 여대생에게
길을 물어 집을 찾아 간다
비 오는 날 어둑한 관사에서
돌 지난 손녀 사진을 꺼내든다

추석 무렵

어머니는
언제나 부자셨습니다
송편은 빚지 못해도
달덩이 하나씩을 안겨주셨습니다
어머니는
해 질 녘 텃밭에 피는 박꽃이셨습니다
냉수 마시고 밥 먹었다 웃는
어머니는
거짓말쟁이셨습니다
며칠 후면 추석인데
꿈에라도 다녀가셨으면

별사(別詞)

나 이제 그만 일어나야겠네
뒤돌아보지 않아도 괜찮겠지
마음 편히 그만 가봐야겠네 친구야
어차피 우리 예비된 일 아닌가
머물었던 자리마저 털고 일어나야겠네
빈 술잔도 다시 채울 일 있겠는가
부질없는 악수랑도 그만 두고
전화번호도 지울 때가 되었는가 보네
결별의 시간은 오히려 행복 아닌가
나 먼저 일어남세 잘 계시게나 친구야

빙상의 새
– 연아에게

하늘 끝이라도 좋고
땅 끝이라도 좋다
어디라도 닿을 수 있는
알바트로스의 튼튼한 날개
수 만리 바다라도
수 천리 초원이라도
너의 푸른 날갯짓
신비로운 비상의 영혼
히말레아 설산을 넘나드는
우리들의 꿈과 희망의 새
황홀한 환상의 새야 새야

불면

겨울보다 추운 날
종려나무 잎사귀 스치는 바람소리
누가 저 달을
잔인하게 띄워 놓고
잠들라 하나
개구리들도 집을 떠나왔나
창문 밖 달빛이 내려와
그리운 사람 불러다 놓고 간다

초설(初雪)

종강 날 강의실 창밖에
풀풀 첫눈이 나풀거린다
창가에 기대어
울적한 사춘기를 떠올린다
끼리끼리 팔짱을 끼고
눈 맞추자 눈 맞추자
동해바다 모래밭 면사포를 날리듯이
파도처럼 부서지는 환희의 축제
첫눈 오는 날은
지상의 축복이어라

오월 어느 날
– 송규호 은사님께

아카시아 꽃잎 눈발처럼 흩날리는 날
뻐꾸기 숲에서 울어 싸고
찔레꽃도 반갑게 피었어라
오십여 년 만의 해후가 송구스러워 고개를 떨군다
스승님 탈속의 머리칼이 빛나고
언제나 환하신 미소 그대로
무언가 낡은 배낭 속에서
구겨진 세월과 찬란한 회한과
시집 몇 권 수필집 몇 권
언제나 받기보다 주기를 즐기셨던 국어선생님!
헤아리지 못했던 지난 일
부끄러운 고래희가 죄로 남습니다
우리 나이 더 들면 어떻게 되어 살까
목마름의 세월
아직도 스승님은 정정하시다

장미 2

정념의 분노가 꽃으로 핀다
풀리지 않는 비밀의 불씨
화산에 비할 바가 아니다
초여름에서 늦가을까지
모순의 벽을 허물지 못하는 이유 때문에
하늘에 올라서도 피어 있을까

압록강 따라

인천에서 뱃길로 하룻밤 눈 떠보니 중국 단둥(丹東)이란다
석탄 실은 낡은 트럭들이 아침을 열고 있었다
사진에서 흔히 보았던 압록강 철교
한강철교와 많이 닮았다
강 건너 지척이 북한 땅
철교 밑으로 드문드문 선박들이 오가고
강 건너 공장 굴뚝의 검은 연기
단둥에서 백두산까지는 압록강을 따라 이백리 길
벌거벗은 산비탈에서 풀 뜯는 염소들
고개 숙이고 논밭 가는 농부 아낙들
반가워 손 흔들어도 아는 체 모르는 체 응답이 없다
남의 땅 밟고 가는 백두산 길도 억울한데
그대들조차 모르는 체 하는가
내 나라 내 땅 밟고 백두산에 오를 수 있는 날은 언제?
한반도 부끄러운 역사를
쓸어버려야 할 그날은 언제?
압록강 두만강아 말하라! 말하라!

허형만(許炯萬)

1945년 전남 순천 출생.
1973년 『월간문학』으로 등단.
목포대학교 인문대학장, 교육대학원장 역임.
현재 목포대학교 명예교수.
시집 『淸明』(1978), 『영혼의 눈』(2002),
『황홀』(2018) 등 16권.
제7회 한국예술상, 제30회 펜문학상,
제43회 한국시인협회상,
제1회 문병란문학상 외 다수 수상.

강에 와서

돌멩이들이 물살의 밑바닥을 굴러가는 소리
이어폰을 꽂고 배꼽도 내놓고 흔들흔들 떠가는 구름
돌멩이와 구름 사이
밀물가마우지 단단한 주둥이에서 파닥이는 물고기의
신음과 꿀꺽 사이
민중은 개·돼지라고 선언한 놈 때문에
졸지에 축생의 나라가 되고 만 이 나라의
잉걸불처럼 끓어오르는 속창아리를
날카로운 이로 물어뜯거나 우릿간에서 뭉기거나
투쟁과 굴종 사이

어디로 흘러가느냐 이 서러운 적막강산아.

생명의 무게

모든 생명의 무게는 동일하다.
한 방울의 물에도 갚아야 할 빚이 있고
눈송이 하나가 댓잎을 구부리며
풀잎 한 촉도 살 떨리는 칼날을 품는 법,
저 알몸으로 빛나는 자작나무 우듬지 끝
피 흘리지 않고 지켜낸 목숨이 어디 있을까.
북한산이 내려 보낸 중랑천 물줄기가
마침내 서해에 닿기 전 꿈의 비늘로 번득이는 것을
상상하던 시인의 지혜도 그랬으리라.
내가 숲속에서 참나무와 오리나무 곁을 지날 때
바람이 살짝 내 뒤통수를 치고, 잎들은 살 섞는
푸른 냄새로 부풀어 오를 때
십리 밖쯤에서 터지는 우렛소리였던가 아무튼
이 지상의 모든 생명의 무게는 동일하다.

빨랫줄

빨랫줄은
하늘과 땅 사이
팽팽한 그리움으로 산다.

빨래집게들이 저마다 금붕어처럼
하늘을 향해 주둥일 뽀끔뽀끔 내밀면
푸른 하늘이 내려와 젖을 빨리고

빨래가 없는 날이면 빨랫줄이 심심할까봐
폴짝폴짝 바람이 줄넘기를 하며 놀다 가거나
종종 빗방울들이 철봉인 듯 매달려보기도 하는 것
인데,

빨랫줄이
하늘보다 땅에 더 가까이 있는 것은
사람과 더불어 살고 싶은 그리움 때문이다.

사진

잡지사에서 특집을 꾸민다고
문인들과 찍은 사진 몇 장 요구했다

사진을 고르다가 그만 두었다

이미 이 세상에 안 계신 분
언제부턴가 나도 모르게 등 돌리신 분

그 특집 안 하겠다고 잡지사에 전화했다

황소

황소 안에
한 마리 우주가
스스로의 빛으로 눈을 뜨고 있다

달빛이 소리 없이 흔들리는
밤이면
무슨 그리움 그리도 깊어
두 눈동자,
강물처럼 처연하게 번득이는가

우주 안에
한 마리 황소가
스스로의 불꽃으로 타오르고 있다

살

아무리 살 떨리는 세상이라지만

살이 살에 기대어 함께 바라보는

소금처럼 빛나는 꿈은 얼마나 아름다운가.

둥근유홍초

바람이 머물다
떠나간 자리

언제나 사랑스러워
가슴 저리던

타오르는 불길
뉘라서 끄리

못 본 척
못 본 척 돌아서서

가을 햇살 익어가듯
맑은 물빛으로나 숨어 바라볼 뿐

잘 익은 사랑 하나
가슴 깊이 묻어둘 뿐

빛다발

이 세상은 아름답지요
왜냐구요?
온통 빛다발이 살아 숨 쉬고 있으니까요
뭉쳐져 있거나 뿌려져 있거나
이 세상 구석구석
빛다발 없는 곳이 없지요
하늘과 땅
바다와 강
산과 들
그리고 당신과 우리
당신과 우리의 영혼에 스며든
이 아름다운 빛다발

날은 저물고

날은 저물고,

석양에 젖었는지
금빛 꽁지를 흔들며
작은 새들이 일제히 숲으로 든다.

그때 숲 쪽에서
얇은 안개 같은 파동이
우우우 하늘로 솟아오르는 게 보였다.

우주의 숨소리도 들리지 않았다.

석류

육촌 형 따라 서울로 옮겨가신 당숙모 집 담장에
올해도 석류는 오지게 맺혔는데
어느 놈 하나 벌겋게 익지도 못하고
죄 없이 푸르딩딩 그대로 쫄아만 가는데
석류도 주인 없는 빈 집인 줄 어찌 알아
저리 넋 놓고 기운 빠진 채 매달리긴 매달렸는데
붉은 꽃 붉은 열매 붉은 속내는 어디 갔나요
멀리서 천둥 번개 허공 찢는 소리
뒷산 뻐꾸기 피 토하는 소리 무너지는 소리
소리가 소리를 삼켜 장맛비로 무너지는 소리

매미

베란다 창문을 여니
매미 한 마리
방충망에 찰싹 달라붙어 있네
나를 부르다 부르다 지쳐 잠들어 있는 걸까
꼼짝도 않네 바람만 살며시 쓰다듬고 가네
하루가 저무는 그림자
꿈결인 듯 산등성이 타고 넘어오는 시간

말씀

늘, 곁에 있다
언제든, 곁에 있다

햇살과 빗방울과 함께
별빛과 바람과 함께

침묵

왜 말이 없느냐고 묻는 당신
묻지 마라 왜 말이 없느냐고
나의 입술은 키스할 줄 몰라 닫혀있고
나의 혀는 달콤하지 않아
문밖출입을 잃은 지 오래다
독수리도 날고 있는 순간만은 부리를 닫는다
그때의 허공에 긴장감이 흐르는 파동을 보라
나는 입을 벌릴 줄 모르는 바보
벌려봐야 속이 없는 바보

양말이 구멍 났다

뚫린 양말 구멍으로
엄지발가락이 쏘옥 고개를 내밀었다
세상에 뚫리지 않는 것은 없다
이른 봄날
라일락이 얼어붙은 대지를 뚫는 건
만고불변의 진리다
카카오톡도 뚫려 도둑맞는 건
이 시대에 이미 고전이다
그러나 다만 뚫리지 않는 것
그것은 오직 사람뿐이다
그 지독한 차단벽!

녹슨 철

여의도 한복판에
무쇠 철 박혀 있네
제 영혼
삭는 줄 모르고
그 자리 박혀 있네
아무리
빼내려 해도
녹슨 채로 박혀 있네

천하에 무쇠래도
용광로엔 다 녹느니
더더욱
녹슨 철은 하루 빨리
녹여야 하느니
녹여라
아무짝에도
쓸모없는 녹슨 철

꽃잎 한 장

비바람 몰아치는
봄날
바람결에 온몸을 맡긴 채
비에 젖는 듯
젖지 않는 듯
11층까지 올라와
나와 잠깐
눈 한 번 맞추고
아니 본 듯 가뭇없이 사라지는
꽃잎 한 장.

노래

사람아
사람이 꽃보다 아름답다고 노래하지 마라
꽃이 그 노래 들으면 마음 상하리
그러니, 사람도 꽃처럼 아름답다고
노래하라

근황

한겨울 산행 중에
쌓인 눈 무게를 이기지 못해
부러진 소나무 가지 앞에서 멍하니 서 있던 적 있었다

정년퇴임을 앞두고
아무리 약을 먹고 주사를 맞아도
좀체 떨어질 줄 모르는 지독한 감기와 싸우며
문득 그 부러진 소나무 가지가 생각나는 건 무슨 까닭인가

연금 가지면 충분히 산다는 사람과
그래도 무슨 일이든 새로이 시작해야 한다는 사람과
이제는 등산이나 다니며 건강관리 잘 하라는 사람과
그래도 시라도 쓸 수 있으니 실업자는 아니라는 사람 틈에서
문득 그 부러진 소나무 가지가 또 생각나는 건 무슨 까닭인가

〈

정년퇴임을 앞두고

부러진 소나무 가지가 되지 않기 위해

쌓인 삶의 무게를 탈탈 털어야 한다는 생각으로

손주들 옆으로 이사 와서 손주들과 신나게 놀고 있다

시 1

빗소리 곁에 모시고
홀짝! 한 잔
모든 가식과 채면을 벗어버린
당신만큼 맑고 고운
벌거숭이 몸은 보지 못했거니
홀짝! 또 한 잔
오, 당신의 짜릿한 입맞춤
내가 그토록 갈망했던
절대영혼

시 2

당신은 보면 볼수록 빛이 나오
당신은 살아가면서 더욱 빛이 나오
햇빛에 젖어 있을 때도 햇빛보다 더 빛나고
달빛에 물들어 있을 때도 달빛보다 빛나오
당신의 입술은 늘 사랑에 취해서
넝쿨나무가 담벼락에 찰싹 달라붙어 기어오르듯
불길 같은 혀로 나의 온몸을 타고 오르오
오, 빛나는 순간들이여,
끊기지 말라

임병호(林炳鎬)

1947년 경기 수원 출생.
1965년 『화홍시단』으로 작품 활동 시작.
1966년 한국문인협회 수원지부 창립, 이후 회장.
경기일보 문화부장, 논설위원, 사사편찬실장 역임.
현재 『한국시학』 편집 · 발행인.
시집 『幻生』(1975), 『神의 거주지』(1982),
『詩에 의탁하다』(2018) 등 19권.
제1회 1978년 경기도 인간상록수상 문학부문,
제14회 한국예술문화상 문학부문 대상,
제2회 세계평화문화대상 외 다수 수상.

아기꽃

– 증손녀

해와 달, 맑은 별빛 어쩌면 저리 닮았나

방글 웃는 얼굴, 세상 어느 꽃에 비하랴

천지를 밝히는 어린 향기여 고운 빛이여

冬至날

잊어야 할 일 많은데 어이 왜 어려운가

긴 긴 밤 잠 못 이뤄 가슴속 아련커니

함박눈 내리나, 머리맡에 추억이 쌓인다

세밑에서

소식 없이 이승 떠난 친구들 몇몇 있는데

남은 사람들, 술 마시며 허허롭게 웃는다

그래도 오늘 있어 고맙네, 올 한해 세월아

공수래공수거

근로자
최저시급이
칠천오백삼십원이란다

그렇다면
詩 쓰는
임금은 대저 얼마인가

아서라
空手來空手去 아닌가
무일푼이면 어떠하랴

설 전날

무쇠 솥 뚜껑에 돼지비계 기름 친 녹두전

제삿상은 나중, 자식들부터 먼저 먹였다

부엌에서 엄니가 주신 그 맛, 정말 그립네

봄, 궁평리

바다를
건너온 봄,
궁평리에서 만났다

해송 숲
바람 소리
솔빛 더욱 푸르르고

오는 봄 반가워 춤을 추는 갈매기여

들녘에
앞, 뒷산에
봄볕이 따스한데

과수원
나뭇가지
아늑히 쌓이는 햇살

〈

새들이 재잘대며 아이들을 따라 다닌다

궁평루

서쪽하늘

저녁노을에 취했는가

사람들

가슴에도

붉게 붉게 물드는데

이우고 푸른 별들이 華城에서 반짝인다

봄비

황진이가 눈짓한들 산채박주에 더하랴

우수절, 경칩 지나 산빛 들빛 푸르른데

저기서 봄비 온다, 술상 어여 내오시게

立春 降雪

아무리 立春여도 어찌 이리 반가운가

산에 들에 가슴에 꽃눈이 만발하는데

하얀 香 쌓이는 오늘, 봄날이 좋구나

雨水

기다린 그리움을 만나면 겨울이 떠난다

나룻배 타고 온 남풍을 보았느냐 河童아

맨발로 강길 걷는다, 촉촉한 早春 한나절

꽃신

강물 따라 꽃신처럼 흘러가는 꽃잎이여

봄날 그리움 찾아서 남녘으로 가시는가

포구에 이르시거든 그 꽃신 신고 오소서

저승[彼生]에서

꿈길 따라
이곳에 오면
죽은 사람들을 다시 만나서 반갑다

돈도
허세도
아무런 소용없어 아, 평온한 낙원

꿈 깨면
시름 많은
저 이승[此生] 싫어 여기에서 살고 싶다

저승 주막

극락이라고는 하지만 술이 없어 무정하다

춘 하 추 동 유정한들 만난들 무얼하는가

주막을 차려 놓고 좋은 사람들 모셔야겠네

안부

온갖 꽃 피어나 노시인 몇 분 생각난다

얼마나 불편하면 거동조차 못 하시는가

봄날 고목 새잎처럼 푸르게 일어나소서

立夏

노안으로 시야가 점점 흐려지긴 하여도

향기로운 초목은 싱그럽게 잘도 보이네

바야흐로 세상 밝히는 초여름 신록이여

순국선열 및 작고문인에 대한 묵념

아직도
한반도는
허리가 아픕니다

남북이 열린 세상을 만들어 주십시오

여전히
권불십년 모르는
정상배들이 많습니다

저 무지한 인간들을 어찌해야 합니까

그래도
문인들은
푸른 산천초목입니다

이 세상을 밝히도록 보살펴 주십시오

설중매

봄의 숨결을 보았다 설중매 가슴에서

기다림이 끝나는 저 순연한 모습이여

그리움이 왜 붉어야 하는가를 알았다

공주풀꽃문학관

백 만 송이
풀꽃이 피어있네
작은 꽃들이 예쁜 詩를 쓰고 있네

새들이
詩를 노래하네
풀꽃문학관 찾아온 바람도 따라 부르네

풀꽃시인 나태주
오래된 풍금 치네
뜸북뜸북 뻐꾹뻐꾹 '오빠생각' 합창하네

풀꽃 잔치
詩 마당 싱그럽네
햇빛 달빛 별빛 모이는 푸른 마을 그립네

* 공주풀꽃문학관 : 충남 공주시 봉황로 812 소재

행복

꿈속에서 詩를 쓰다 깬 날은 행복하다

무슨 시를 썼는지 생각은 잘 안 나지만

魂壁에 새겨진 詩心은 사라지지 않았다

樹木葬

죽은 뒤 나무들의 마을에서
한 그루 나무로 幻生하겠다

봄나무 여름나무 가을나무
겨울나무로 한세월 살겠다

철 따라 바람이 여장을 풀고
멧새들이 둥지를 짓는 나무

나무들의 마을로 쉬러 오시라
나 죽어서 나무로 기다리겠다

獨酌

주백은 어디 가고
혼자 술을 마신다

술잔에 떨어지는
한 두 잎 복사꽃

무희처럼
노랑나비가
주흥을 불러 온다

정순영(鄭珣永)

1949년 경남 하동 출생.
1974년 『풀과 별』 천료.
동명대학교 총장, 세종대학교 석좌교수,
국제PEN한국본부 34대 부이사장 역임.
현재 서울시인협회 부회장.
시집 『시는 꽃인가』(1976), 『침묵보다 더 낮은 목소리』(1990), 『사랑』(2014) 등 8권.
제7회 봉생문화상, 제9회 부산문학상,
2016년 한국시학상 외 다수 수상.

겨울산에 서서

가난한 사람들이 서로 몸을 부비며 따뜻하게 살아
가듯이
발가벗은 겨울나무들도 매서운 바람에 서로 몸을
부비며
가지마다 연두 붉게 움틔울 생긋한 봄을 기다리며
산다.

겨울산에 서서
알몸의 겨울나무들과 몸을 부비며
하얀 눈을 맞고 싶다.

언 땅속 먼 봄기운을 빨아올리는 겨울나무가 되어

고향집에 가면

고향집에 가면 이른 아침 여명처럼
어머니보다 십년쯤 일찍 돌아가신 아버지의 헛기침 소리가
안방 문을 열고 나와 댓돌마루에 잠시 앉았다가
빈 마당으로 나서신다.
밤하늘에 유난히 빛나는 별이 되었다는 아버지는
달이 되어 고향동네 돌담길을 밝히는 어머니 곁에 떠 계신다.
고향집 대청마루 사랑방 문기둥에는
회초리가 걸려 있고
길나서는 댓돌 위엔 흰 고무신 한 짝이 가지런히 놓여 있다.
황혼을 짊어지고 고향집에 가면
사립문에 눈을 두신 어머니가
밤마다 달빛 정성으로 장독대를 닦아
연붉은 석류꽃 해맑게 피고
차를 끓이는 추억이 집안에 그윽하다.

그 꽃이

봄밤에 소쩍새가 울더니
닿지 않는 건너 산 큰 바위 틈에
모진 뿌리 내린 앙상한 진달래 한 그루가
슬픈 핏빛으로 외롭게 피었다가

종심(從心)의 봄날
그 꽃이 지니

두견이가 봄 산을 수런거리며 울고
나도 봄 울음을 울음 울어

그 꽃이
내 안으로 들어와
붉게 옹이져 피어서 지지 않네.

* 종심(從心) : 고희(古稀), 칠순(七旬)과 함께 예로부터 드물다는 뜻으로 일흔 살을 이르는 말.

그림자

맑고 눈부신 여명이 비추이는 새벽에
가슴 두근거리는 희망의 긴 그림자를 따라
길을 나선다.

걸어갈수록 짧아지는
그림자

산허리 언덕길에서는
해 아래 정오(正午)의 제 그림자를 밟고서
지난날을 뒤돌아본다.

등 뒤에서 쑤욱 쑥 자라는 추억의 그림자를 달고
세월의 바람결에
회한(悔恨)의 옷자락을 날리며
지는 해를 따라 걸어간다.

어느새
동쪽 끝닿는 긴 그림자를 밟고
서녘 하늘을 바라보며 황혼에 젖는다.

눈 깜짝쟁이

미움이 어스름처럼 속눈썹 위에 내리면
가벼울 때 눈을 깜짝여 털어내야 한다.

어스름이 쌓이면 무거운 어둠이 되듯이
미움이 쌓이면 그 무게를 속눈썹이 견디지 못해
눈시울이 감기고
어둠 속에 분노의 물결이 출렁인다.

눈 깜짝쟁이가 되더라도
속눈썹 위에 내리는
어스름 같은 미움을 털어내면
온화하고 따스한 가슴에 파란 하늘이 열린다.

당신은

연초록이
짙어가는 봄날 아침 같은

당신은

맑은 물가 양지 반그늘 옥토 양가집
보드라운 바람결에 하늘거리는
연한 홍자색 현호색꽃 규수 같은

당신은

봄 햇살을 영롱하게 머금은
꽃잎에 맺힌 이슬 같은

당신은

이슬방울 돋보기로 들여다보면
그리움이 있고
그 속에 내가 있습니다.

당신이 내 안으로 들어와

내 울렁이는 기쁨을 흔들어서
은빛 잔잔한 물결로 빤짝이게 하고
내 어둡고 깊은 슬픔을 흔들어서
잠 위에 부서지는 여명처럼 보드랍게 깨어나게 하는
사랑하는 사람아.

당신이 있어
내가 살고
당신이 내 안으로 들어와
내가 죽지 않네.

마파람

언제부턴가 고샅길에서 마파람이 흐느끼고 있었다.
달이 뜨면 남쪽 고향동네가 그리워
좁은 돌담길 속에서 더 깊이 흐느껴 울었다.
어느 날
길섶이나 돌담에 붙어 자란 풀잎의 그림자를 흔드는
마파람의 울음이
가슴 저 밑바닥의
내 질긴 울음인 것을 알았다.
그리움이란 우리가 살아가는 속 깊은 울음인 것을
허망한 인생을 달래는 눈물 젖은 노래인 것을

바람도

우리가 세상을 부대끼며 살아가듯이
바람도 자드락길에서 서로 감아 부비며 살아갑니다.
늘 아침에는
햇살처럼 따스한 인사말을 건네곤
길거리 골목마다에서 사람 사는 소란한 목소리가
이 골 저 골에서의
높새바람 하늬바람 마파람을 휘젓는 왜바람처럼
바람 사는 소리를 닮았습니다.
해가 기울고 노을이 산과 강을 물들이면
우리의 하루가
늙어 지친 걸음으로 터덜터덜 돌아가듯이
바람도 으스름 깃드는 제 산골로 찾아갑니다.

발가벗은 마음으로

하얀 종이 위에 부어놓은 생각과 감정에
웬 군더더기가 이리도 많은지
감당할 수 없어 쓰레기통에 쏟아 버립니다.

그러곤 발가벗은 마음으로 텅 빈 종이를 들여다 봅니다.

눈 내린 생각의 고샅길에
발그레한 감정의 그림자가
모시적삼 속살처럼 해맑게 사념(思念)합니다.

봄 그리움

– 박명자 시인을 추모하며

당신이 두고 떠난 봄이
봄비에 연초록으로 짙어
시냇물이 조잘거리는 산과 들을 쏘다닙니다.
얼굴 자주 보자던 그 말이
잊지 말라는 봄 말이지요.
나는 그리움으로
애틋한 봄 그리움으로
시냇가 다소곳한 복사꽃나무 곁에 앉아
연붉은 꽃망울에 맺힌 물방울이 반가워
영롱한 물방울 돋보기로 아리따운 당신의 얼굴을
그립니다.
얼굴 자주 보자던 그 말이
잊지 말라는 봄 말이지요.

봄날에는

봄날에는
곁에 있는 사람들이 멀어져가고
멀리 떠난 사람들이 가까이 다가온다.
생긋한 봄날 아침에
산새소리에 귀를 열고 지그시 눈을 감으니
연초록 너울거리는 봄바람을 타고
저승의 친구가 우전 차향으로 마주 앉고
아직 피지도 않은 연보라 수국의 스카프를 날리며
지난 봄 떠난 그미가 다가온다.
봄날에는
새싹이 소록소록
먼 그리움이 사뿐사뿐
아침에 창을 열어 봄기운을 흠씬 맞으며
사무친 속울음을 감추어 운다.

상사화(相思花)를 두고

새봄이라
밤 지새는 소쩍새 울음 뒤에
한 맺힌 사내처럼
비늘줄기 끝에 애절하게 짙푸른 잎이 모여나
제 아픔 달래더니
푸르른 한여름 하늘빛이 서러워
죽어서야
제 몸에 긴 꽃대
연분홍 젖어 흐느끼는 꽃으로 피는
애처롭고 애처로운
네 슬픔도
나와 같아라.

아흔아홉 꽃송이

아흔아홉 송이 아린 꽃을 버리고
풀꽃 한 송이를 가졌더니

버려진 아흔아홉 꽃송이의 내 생애가
풀꽃 한 송이를 위한 삶이라

낮은 땅에 엎드려
가난을 여미어 별을 보며
헌 옷 속에 씻긴 알몸의 거듭남으로
눈부시게

세상에서 아린 아픔이 없었다면 내 어찌
청아한 풀꽃으로 필 수 있었으랴.
세월 속에 흘린 눈물이 없었다면 내 어찌
영롱한 이슬로 꽃잎에 맺힐 수 있었으랴.

착한 마음 하나 걸어두자

아침마다 길을 나서며
시린 손으로 가슴을 부비는 사람들을 위해
착한 마음 하나
고샅길 돌담에 걸어두자.
삶을 여민 옷깃 속에서
나보다 더 외로운 사람을 위하여
나보다 더 괴로운 사람을 위하여
나보다 더 가난한 사람을 위하여
사람들의 귀에는 들리지 않는
깊고 처절한 목소리로
기도하는 마음 하나 걸어 두자.
아침의 맑고 진정한 작은 마음의 기도를
응답하는 이가 들으리니
오늘 하루 사립 밖 움츠린 거리에
간절한 마음의 작은 촛불 하나 걸어두자.
어느 착한 마음의 가녀린 기도가
세상의 어두움을 밝히는 등불이 되리니
아침마다 길을 나서며
착한 마음 하나씩 가슴에 걸어두자.

하산(下山)

저기 저 산을 오르는 사람들
곧 내려올 겁니다.
오르다가 숨이 차면 쉬었다가 다시 오르고
더 오를 수 없는 사람은
오른 자리에서 내려오지만
정상에 올랐다가
세월에 밀려 침울하게 내려오는 사람도
내려 올 때를 분명히 알고 휘파람을 불며 내려오는
사람도
여기 나지막한 자리에서 만나 회포를 풉니다.

해후(邂逅)

산새 지저귀는 자드락길을 걸어가면
산 너머 먼 수평선에서 그리움이 밀려와 부서지는
해변 길을 걸어오는 여인을
땅거미 위에 덩실 떠오른 둥근 달에게서 만난다.

그 은은하게 밝은 달을 가슴에 안으면
세월의 연민(憐憫)이 흐느낀다.

내가 달을 등지고 걸어가면
여인도 세월을 두고 멀어져 간다.

남긴 애련(哀戀)을
서로가 돌아보지는 않지만
어디에서나 풀꽃으로 피어서 달에게서 만난다.

행렬

우리가 어리석게 부지런한 개미의 행렬을 내려다보듯이
누군가가 우리의 행렬을 내려다보고 있다.

욕망의 비탈을 기어오르는 사람이나
자드락길 바람골에서 부대끼며 꽃피우는 풀꽃이나
시간의 행렬에서
공평하고
정확하게
살다가 죽는다.

그러나
어떤 영혼은
시간의 옷을 벗고
우리의 행렬을 내려다보는 그 눈빛 속으로
살아서 날아간다.
누군가의 눈부신 말씀으로

향수(鄕愁)

물안개 드리워 여명이 붉게 비치는
섬진강 휘감아

늘 푸른 송림
파란 꿈 가슴 부비는 백사장의
동무들 보고파라

보고파서
옛날처럼 솔 향 감은 파란 바람에
흰 머릿결을 날리는데

그 동무들
노을 물든 강 물결 비껴 나는 물새 되어

외투 깃 여미는 나그네의 볼엔
향수의 눈물이 흐르네.

홀씨

딱딱한 껍질 속에 생명을 받았으니
바람에 날려 온 낯선 벌판에서

껍질보다 더 딱딱한 욕망을 깨뜨리고
빈손으로 낮아짐의 부요(富饒)를 얻어

소망의 뿌리에서
새싹으로 움터나니

■□ 해설

'四人詩集' 읽기

임 애 월
(시인, 한국시학 편집주간)

일찍이 괴테는 '좋은 시는 어린이에게는 노래가 되고, 청년들에게는 철학이 되며 노인들에게는 인생'이 된다고 말하였다.

여기 그런 좋은 시를 쓰는 네 사람의 시인들이 모여 『4인 시집』, 그 두 번째 막을 올린다. 청년도 아니고 그렇다고 아직 노인이라고 하기에는 어정쩡한 필자에게 그들의 시는 과연 무엇으로 다가올 것인지 먼저 가슴이 설렌다.

좋은 시란 어떤 시일까. 그 기준을 한 마디로 명확하게 단정하기는 어렵다. 작품을 향유하는 독자들 개개인의 성향이나 환경에 따라, 같은 작품이라도 다르게 읽히기 때문에 평론가가 말하는 좋은 시와 독자들이 느끼는 좋은 시가 항상 일치하지는 않는다. 그래도 좋은 시가 어떤 시인지 간단하게 말해보라면 필자는, '잘 읽히는 시, 깊은 울림이 있는 시, 향기로운 시'라고 대답하겠다.

문단 경력 반세기를 넘기며 시와 함께 평생을 살아오신 네 분 시인의 새로운 작품들을 지금부터 집중해서 읽어보려 한다.

1. 길은 멀어도 가까이 있었다 - 조병기 시인

'길'은 '道'를 이름이다.

道는 인간으로서 마땅히 지켜야 할 도리, 즉 인간존재의 가치기준을 제시하는 절차적인 방법론으로, 예로부터 동양의 정신문화에 깊숙이 뿌리내려져 있다.

동양의 철학이나, 사상, 종교 등에는 '道'가 기본바탕으로 깔려있다. 노·장자는 형이상학적인 실재로서의 道를 만유의 근원이라고 보았고, 孔孟의 유교사상에서도 도덕적인 측면에서 생활규범으로서의 道를 강조하였다. 불교에서는 '道'를 진리 그 자체인 '當爲'라고 보면서 인간이 인간다움을 道에서 찾으려고 하였다. 도교의 '신선술'이나 유교의 '德의 실천', 불교의 '戒' 등은 모두 道에서 출발한다.

道는 인간으로서 걸어야 할 '길' 그 자체이기 때문

에 아직도 우리의 생활풍습과 깊숙이 연결되어 있다고 할 수 있다.

길은 멀어도 가까이 있었다
찾아가는 길이 멀다 해도
돌아오는 길은 가까웠다
걸어온 길은 뒤돌아보지 말자
약속한 길은 수 갈레 엉켜 있어도
어디서든 끝내 만나기 때문에
아무리 길이 멀다 해도
주저앉지만 말아라

―「나의 길」 전문

조병기 시인의 작품에서 '길'의 의미는 '道'로 읽힌다.

인간으로서의 도리를 지키며 사는 일은 쉽고도 어렵지만 지나고 나서 돌아보면 크게 어려운 일도 아니라는 사실을 '길은 멀어도 가까이 있었다'는 구절에서 읽어낼 수 있다. 즉 충실하게, 겸손하게 하루하루 걸어온 시간이 바로 길(道)이 되는 것이다. 노자 도덕경의 '道'라고 이름 붙이지 않아도 저절로 '道'가 되는 그 '길'.

젊은 시절에는 그 '길'이 수행을 통해서만 얻을 수

있다고 생각해서 멀고 험하게 느껴지겠지만 '약속한 길'만 바라보며 살면 그 일도 크게 어렵지만은 않았다고 시인은 소회한다. '어디서든 끝내 만나'는 삶의 길이기 때문이다. 선비적인 삶을 살아온 시인의 족적은, 굳이 돌아보고 반성할 필요가 없는 길을 걸어왔기 때문에 '나의 길'은 부끄럼이 없는 것이다.

어디든 '찾아가는 길'은 멀고 험하지만 '돌아오는 길은' 가깝고 쉽게 느껴진다.

세상살이 아무리 무겁다 해도
여기 와서는 모두 부려놓을 일이다
천천히 걸으며 잃어진 나를 찾아도 보고
숲과 풀꽃들 하늘도 함께
잃어진 이름들 떠올리면서
바람 보는 법
낮은 곳의 화법을 깨우칠 일이다
걷다가 길을 잃거든
산새에게나 풀꽃들에게나 물어라
한나절 시진하거든 솔터 골
어느 시인 생가에 머물다 가리

–「산막이 옛길」 전문

이 작품에도 자연에 순응하며 느리게 사는 노장

사상이 스며들어있다고 하겠다. '천천히'나 '느리게' '낮은 곳' '풀꽃에게나 물어라' 등의 시어를 통해 '무위자연' 사상이 은근히 배어나온다. '무엇을 하는 것보다 하진 않음'의 화법이 「도덕경」의 道可道非常道. 名可名非常名을 떠올리게 한다. 굳이 '道'라고 이름 짓지 않아도 일상의 행위 자체가 '道'가 되는 삶, 하늘을 보며' '산새에게나' 물어보는 일이야말로 그 자체가 무소유의 山人이 되는 일이 아닌가.

무거운 세상사를 자신도 모르게 내려놓고 무장해제하게 만드는 〈산막이 옛길〉은 충북 괴산군에 있는 한국 최초의 댐인 괴산댐 옆에 있는 오솔길이라고 한다.

선비적인 시인의 정신활동과 연륜이 주는, 무겁지 않게 무게감이 느껴지는 작품이다.

> 내 생가 헐린 지 수 십 년
> 감나무에 까치가 지저귀고
> 울타리 참새가족 조잘대던
> 살구나무 서 있는 집
> 철철이 눈비 내리고 바람도 오가는
> 마당에 잡풀도 키우며
> 울타리 해당화 꽃 피는 그런 집
> 사람 그리우면 친구들 불러
> 술잔에 옛이야기 띄우며

잃어진 이름들 불러도 보게
그런 집 한 채
어머니가 박꽃으로 돌아오시면
문 열어드릴 그런 집

—「집 한 채」

시인들에게 生家는 애착의 대상이다. 남들에겐 특별할 게 없지만 자신에게 생가는 羊水의 개념과 같다. 모태의 양수 속에서 살다가 바깥세상으로 태어나 공기 중에서 호흡을 한 맨 처음의 공간, 거기서 눈이 뜨이고 귀가 들리고 비로소 온 우주가 열린다. 자신을 키워준 토양으로써의 고향(생가)은 타지에 살면서도 언젠가 꼭 돌아가 쉬고 싶은 영원한 그리움의 대상이다. 물론 거기에 가장 중요한 핵심은 신과 같은 존재인 어머니가 계시다는 사실이다.

시인의 생가가 헐린 지 수십 년이 지났지만 아직도 눈앞에 선연하게 그려내는 집 한 채, 시인이 태어난 그 집은 '감나무'와 '까치'와 '마당'의 꽃과 '잡풀'들이 뒤섞여 함께 사는 평화로운 영혼의 안식처이다. 그 '집 한 채'는 '참새'와 '눈비', '친구들'과 '바람이 오가는' 등의 '무위자연'적인 이미지들로 더욱 편안하고 따뜻한 곳으로서의 공간성을 확보한다. 거기에 더

해서 '어머니'와 '박꽃'이 상징하는 정감 있는 순수의 공간, 부드럽고 편안한 모태의 양수 같은 곳. 그 곳이 이제 존재하지 않는다는 사실이 뼈아프게 전해져 온다.

2. 소금처럼 빛나는 꿈 – 허형만 시인

아놀드 하우저는 『문학과 예술의 사회학』에서 인간의 모든 정신활동은 사회·경제적 조건의 산물이라고 설파하면서 "모든 예술은 사회적으로 조건 지어져 있"다고 하였다. 작가가 활동하는 사회, 그 안에서 생산·창조되는 모든 것들은 그 시대의 사회적, 경제적 영향을 받지 않을 수 없으므로 '예술을 위한 예술'이나 '삶을 위한 예술', 그 어느 하나만으로 문학작품을 설명하기는 쉽지 않다는 의미이다.

허형만 시인의 작품 속에서 발견되는 사회적 연대의식이나 시대적 '채무의식'은 하우저의 말처럼 그 사회 안에서 이미 조건 지어져 있는 것인지도 모른다.

> 모든 생명의 무게는 동일하다.
> 한 방울의 물에도 갚아야 할 빚이 있고
> 눈송이 하나가 댓잎을 구부리며

풀잎 한 촉도 살 떨리는 칼날을 품는 법,
저 알몸으로 빛나는 자작나무 우듬지 끝
피 흘리지 않고 지켜낸 목숨이 어디 있을까.
북한산이 내려 보낸 중랑천 물줄기가
마침내 서해에 닿기 전 꿈의 비늘로 번득이는 것을
상상하던 시인의 지혜도 그랬으리라.
내가 숲속에서 참나무와 오리나무 곁을 지날 때
바람이 살짝 내 뒤통수를 치고, 잎들은 살 섞는
푸른 냄새로 부풀어 오를 때
십리 밖쯤에서 터지는 우렛소리였던가 아무튼
이 지상의 모든 생명의 무게는 동일하다.

-「생명의 무게」 전문

'모든 생명의 무게는 동일하다', 필자는 이 시구를 읽을 때 눈이 번쩍 뜨였다.

시인은 이 세상의 모든 만물에 생명력을 부여하고 그 무게감을 피부로 느끼고 있다. '한 방울의 물'에도, '눈송이 하나'에도 갚아야할 빚이 있다는 건, 그들로 인해 지금의 나, 혹은 우리가 존재하고 있음에 일종의 채무감을 지니고 있는 듯하다. '피흘리지 않고 지켜낸 목숨'이 없다는, 즉 누군가 흘린 피로 지금의 '우리'가 혹은 '우리 사회' 존재하고 유지되고 있음을 잊어서는 안 된다는 사회적 '채무의식'을 어필

하고 있다.

사실 이 지구상의 그 누구도 혼자서는 존재할 수 없다. 사회적 약자일수록 누군가의 희생으로, 혹은 누군가의 보이지 않는 도움으로 하루하루 목숨을 연명하고 있다. 그 희생의 당사자들은 앞서간 선구자들의 정신이다. '꿈의 비늘로 번득이는 것'이 상징하는, 평화를 정착시키기 위해 희생된 이름 없는 선구자들의 '존재의 무게'를 다시금 생각하게 한다. 이 지구상의 모든 존재는 풀 한 포기도 나름대로 위대한 '무게'를 지니고 있기 때문이다.

아무리 살 떨리는 세상이라지만

살이 살에 기대어 함께 바라보는

소금처럼 빛나는 꿈은 얼마나 아름다운가.

-「살」 전문

'살'의 의미는 온기(溫氣)다. 온기는 생명의 근원이다. 온기가 다 하면 그 생명력도 끝나는 것이다. 다소 각박하기는 하지만, '살이 살에 기대어 함께 만드는' 따뜻한 세상을 꿈꾼다. 그 꿈은 '소금처럼 빛'나는데

'소금'이 '빛나는' 이유는 부패를 막아주고 생명을 유지시켜 주는 매우 중요한 역할을 하기 때문이다.

존재하는 것은 아름답다. 특히 '소금' 같은 역할을 할 때 더욱 아름답다. 혼자서 이루기 어려운 시대적인 과제들, '살이 살에 기대어' 서로의 온기로 방전된 생각들을 재충전하며 함께 이룩해 나가는 삶의 연대의식, 일상에서 아주 흔한 것 같지만 절대 필요한 '소금' 같은 삶을 살아야하는 이유이다.

빗소리 곁에 모시고
홀짝! 한 잔
모든 가식과 채면을 벗어버린
당신만큼 맑고 고운
벌거숭이 몸은 보지 못했거니
홀짝! 또 한 잔
오, 당신의 짜릿한 입맞춤
내가 그토록 갈망했던
절대영혼

–「시 1」 전문

위의 작품에서는 '시'에 대한 시인의 '갈망'이 잘 나타나 있다.

시인에게 '시'는 '절대영혼'으로 다가온다. 시는 그

자체가 '맑고 고운 벌거숭이 몸' 이므로 시인도 '모든 가식과 체면을 벗어버' 리고 알몸으로 기다려야 비로소 다가와 '짜릿한 입맞춤' 을 선사하는 것이다.

시인이 쓴 것이라고 해서 모두 좋은 시가 되지는 않는다.

명예나 권위의식, 편견과 가식을 모두 버린, 맨몸의 영혼을 지닌 자유로운 시인만이 시와 '짜릿한 입맞춤"을 할 수 있다. 그 입맞춤은 시인들에게 최고의 오르가슴을 선사하며 명작의 탄생을 예감하게 한다.

비 내리는 날 시인은, 뮤즈의 '절대영혼' 을 영접하기 위해 한 잔의 술도 함께 준비해 두었다.

3. 이승 저승을 넘나드는 시혼 - 임병호 시인

임병호 시인의 시편들은 편하게 잘 읽히는 강점을 지니고 있다. 쉽게 읽히지만 깊은 울림이 있는 여러 작품들 중에서 '죽음' 의 모티프와 관련된 작품들에 주목하였다.

원래 삶의 이런저런 경계를 허물고 자유롭게 넘나드는 시인이라 사실 별로 놀랍지는 않은데, 그래도 제목 자체가 '저승에서' 라고 직설적으로 정해놔서 그런지 눈에 먼저 확 들어왔기 때문이다.

윤회사상을 기반으로 하는 불교용어에서 온 저승은 지시대명사인 '저'와 생(生)의 합쳐져서 만들어진, 즉 저쪽 삶인 셈이다. 이승을 마치면 저쪽 삶을 살러가야 되는데, 작품 속의 화자는 이미 이쪽의 삶과 저쪽의 삶을 구분 없이 왕래(?)하며 사는 듯하다. 물론 꿈길이기는 하지만 아무런 거부감 없이 편하게 드나든다.

꿈길 따라
이곳에 오면
죽은 사람들을 다시 만나서 반갑다

돈도
허세도
아무런 소용없어 아, 평온한 낙원

꿈 깨면
시름 많은
저 이승(此生) 싫어 여기에서 살고 싶다

–「저승(彼生)에서」 전문

프랑스의 작곡가 생상스는 앙리 카잘리스(Henri Cazalis)의 시를 바탕으로 〈죽음의 무도〉를 작곡하여 생상스 최고의 걸작이라는 평을 받았다. 〈죽음의 무도〉는 죽은 자들이 무덤에서 일어나 한밤중에 무도회를 연다는 서구 유럽의 오래된 전설로, 19세기의 많은 예술가들을 매혹시켰던 소재를 해학적으로 풀어낸 교향곡이다.

'돈도//허세도' 소용없는 '평온한 낙원'인 저승, 꿈깨면 다시 돌아온 이승이 싫어 저승에서 '살고 싶다'는 시구에서는 씁쓸함을 느끼기도 하지만, 한편으로는 '저승'이라는 새로운 세계에 대한 거부감을 자연스럽게 걷어내 주기도 한다.

시인은 물질만능주의 작금의 세태를 자신의 꿈속으로 끌어들여 비판하고 '저승' 같은 '평온한' 세상이 도래하기를 갈구하고 있다. 생상스의 작품처럼 저승에서는 '왕이 농부와 함께 춤을 추는' 평등한 날들이 영원히 계속될 테니.

> 극락이라고는 하지만 술이 없어 무정하다
>
> 춘 하 추 동 유정한들 만난들 무얼하는가
>
> 주막을 차려 놓고 좋은 사람들 모셔야겠네
>
> –「저승주막」 전문

술과 임병호 시인과는 분리할 수 없다는 사실은 이미 잘 알려져 있지만 죽어서도 주막집을 차려놓고 술친구들을 기다리겠다는 이 작품을 읽으면 웃음이 절로 나온다. 주막집마저도 이승 저승의 경계를 허물고 넘나들게 하는, 소문난 애주가의 해학적인 발상이다. 이쯤 되면 '죽음'의 이미지는 두렵고 무거운 주제가 아니라 물 흐르듯 자연스러운 삶의 한 부분으로 느껴지기도 한다. 어쩌면 나중에 저승에 갔을 때 주막집 하나쯤은 길가에서 만날 수 있을 것 같기도 하다.

저승에 주막집이 생긴다면 죽음은 가장 매혹적인 삶이 될 수도 있겠다.

죽은 뒤 나무들의 마을에서
한 그루 나무로 幻生하겠다

봄나무 여름나무 가을나무
겨울나무로 한세월 살겠다

철 따라 바람이 여장을 풀고
멧새들이 둥지를 짓는 나무

나무들의 마을로 쉬러 오시라
나 죽어서 나무로 기다리겠다

–「樹木葬」 전문

이 작품에서도 죽음에 대한 거부감이라고는 찾아볼 수 없다. 그저 아주 편안하고 싱싱한 한 그루의 나무로 환생한 시인의 청청한 그리움을 읽을 수 있다.

'수목장'은 '나무들의 마을로 쉬러' 가는 과정이므로 '묘지'나 '산소'의 무겁고 어두운 이미지가 아니라 그야말로 '멧새들의 둥지'처럼 순리적이고 자연스러운 또 하나의 편안한 거처일 뿐이다.

죽음이라는 무거운 주제마저도 가볍게 풀어내 버리는 시인은, 작품 속에서 이승과 저승의 경계를 아무렇지도 않게 허물어 '삶=죽음'이라는 등식을 독자들에게 아주 자연스럽게 제시하고 있다.

4. 맑고 순수한 서정 – 정순영 시인

서정성이 풍부한 정순영 시인의 시를 읽으면 모네의 그림 속 여인의 모습을 볼 때처럼 영혼이 맑아온다. 시간이 지남에 따라 시시각각 변하는 푸르스름한 하늘빛 색채의 순수한 영혼을 닮은 순정적인 이미지들이, 추억이라는 마차를 타고 풍경이 아름다운 들길을 달리는 듯하다.

맑고 눈부신 여명이 비추이는 새벽에
가슴 두근거리는 희망의 긴 그림자를 따라
길을 나선다.

걸어갈수록 짧아지는
그림자

산허리 언덕길에서는
해 아래 정오正午의 제 그림자를 밟고서
지난날을 뒤돌아본다.

등 뒤에서 쑤욱 쑥 자라는 추억의 그림자를 달고
세월의 바람결에
회한의 옷자락을 날리며
지는 해를 따라 걸어간다.

어느새
동쪽 끝닿는 긴 그림자를 밟고
서녘 하늘을 바라보며 황혼에 젖는다.

–「그림자」 전문

'눈부신 여명이 비추이는 새벽'부터 '정오의 제 그

림자를 밟고' 황혼 무렵 '등 뒤에서' 자라나는 추억의 '그림자'를 끌고 돌아오는 무구한 영혼의 빚어낸 시간의 발자국. 그림자의 방향과 길이는 시간이 지남에 따라 시시각각 다르게 변화하지만 '그림자'마저 '희망'의 수채화로 다듬어 놓는 시인의 서정이 정감을 더해준다.

'그림자를 두려워 말라. 그림자란 빛이 어딘가 가까운 곳에서 비추고 있음을 뜻하는 것이다' 라는 루스 E. 렌컬의 말처럼, 이 작품에서 '그림자'의 이미지는 어둡고 불안한 것이 아니라 빛의 또 다른 모습을 나타내고 있다. 이 지상의 모든 물상이나 진리는, 보는 사람의 관점에 따라 그 방향성이 다르게 나타나기도 하기 때문에 '그림자'도 어두운 이미지가 아니라 밝음의 다른 쪽 모습을 보여주고 있다.

물안개 드리워 여명이 붉게 비치는
섬진강 휘감아

늘 푸른 송림
파란 꿈 가슴 부비는 백사장의
동무들 보고파라

보고파서

옛날처럼 솔 향 감은 파란 바람에
흰 머릿결을 날리는데

그 동무들
노을 물든 강 물결 비껴나는 물새 되어

외투 깃 여미는 나그네의 볼엔
향수의 눈물이 흐르네.

―「향수(鄕愁)」 전문

위의 작품에서는 하동이 고향인 백발 시인의 향수가 오롯이 전해져 온다. 고향은 누구에게나 그리움의 대상이 된다. 더구나 백발이 날릴 무렵이 되면 더욱 그러할 것이다. '고향에 살아도 고향이 그립다'는 어느 시인의 말처럼 고향은 어떤 의도나 편견 없이 그냥 그리운 대상이다.

태어나 태를 묻은 곳, 그곳의 나무 한 그루, 풀 한 포기, 바람 냄새, 흙 냄새, 하늘빛, 산빛, 물빛... 어느 하나 소중하지 않은 것이 없다. 돌멩이 하나도 소중한 유년의 추억들은 타지에서 '나그네'로 살고 있는 시인의 볼에 '향수의 눈물'을 흐르게 한다. 하동 섬진강가 시인의 어릴 적 동무들은 어떤 모습으로 시인의 귀향을 기다리는지 짐작이 가고도 남는 풍경이다.

> 하얀 종이 위에 부어놓은 생각과 감정에
> 웬 군더더기가 이리도 많은지
> 감당할 수 없어 쓰레기통에 쏟아버립니다.
>
> 그러곤 발가벗은 마음으로 텅 빈 종이를 들여다봅니다.
>
> 눈 내린 생각의 고샅길에
> 발그레한 감정의 그림자가
> 모시적삼 속살처럼 해맑게 사념(思念)합니다.
>
> –「발가벗은 마음으로」 전문

앞에서도 이야기했지만 시인이라면 거추장스러운 감정의 외투를 벗고, 속옷마저 다 벗어던지고 알몸의 영혼으로 기다려야 '시'의 뮤즈가 기꺼이 찾아와 줄 것이다. 덕지덕지 덧칠해 놓은 군더더기들은 알맹이가 빠진 그야말로 군더더기일 뿐, 아무리 아름답게 치장을 해도 걸작이 되지 못한다. '발가벗은 마음'으로 기다릴 때 비로소 '발그레한 감정의 그림자'가 찾아온다. 여기서도 '그림자'의 이미지는 맑다. 정순영 시인에게 그림자는 어두운 부분이 아니라 빛의 한 부분으로 인식되고 있다는 걸 확인할 수 있다.

잡다한 생각들을 '쓰레기통에' 죄다 버리고 우주의 맑은 기운 속에서 발가벗은 영혼으로 마주한 빈 종이 한 장… 버려서 맑아지는 영혼.

순수 서정을 노래하는 시인에게 오늘밤 분명 이 시대의 역작 한편이 탄생하리라.

무더위가 본격적으로 시작되는 무술년 여름날

깊은 울림을 주는 네 분 시인들의 향기로운 작품들을 읽으며 '길'과 '소금'과 '죽음'과 '순수'에 대해서 다시금 깊게 생각해 본다.

각기 다른 색채로 삶의 '길'을 채색하는 시인들이 존재하고, 그들의 작품은 우리의 삶에 노래가 되고 철학이 되고 인생이 된다. 그래서 이 세상은 아직도 살만하다.